Писатель вошел в большую комнату и тихо закрыл за собой дверь.

В комнате было темно, но включать свет он не захотел. Он боялся, что яркий свет может нарушить то таинственное состояние, в котором находилось все вокруг.

На небе еще хорошо была видна Луна, но с востока небо уже чуть-чуть начало подогреваться солнышком.

Полусонный, он взял свою тетрадь и начал искать, где бы присесть.

И тут он увидел освещенный подоконник. Это было всего лишь небольшое место, свободное от горшков с фикусами.

- Именно то, что нужно, - подумал Писатель. - Темновато, но ничего – начну писать, а там развиднеется. Вообще-то, это был не первый раз, когда он собирался написать какую-нибудь историю.

Сегодня ему пришла в голову
идея написать историю о Трех
Бесстрашных Парусниках.
Они будут неожиданно
появляться там, где кто-то
будет просить о помощи. Три
Бесстрашных Парусника
всегда придут на помощь и,
если надо, восстановят
справедливость.
Он уже хотел написать первые
слова будущей книги, как вдруг
его осенило! Непонятно откуда
ему в голову пришел
совершенно иной сюжет.

- Ну конечно же! – обрадовался Писатель. – Конечно! Три Бесстрашных Парусника пусть пока спокойно поплавают в океане, а я сейчас напишу книгу про Смелого Мальчика, который гоняет по облакам на Супермотоцикле! Злые силы от одного только звука его мотора будут трепетать и пытаться спастись бегством. Вот это будет захватывающая история!

Счастливый Писатель
настолько явно представил себе
своего героя и погоню
возмездия, что уже даже
почувствовал запах газов из
выхлопной трубы
Супермотоцикла. В этот
момент отворилась дверь и в
комнату заглянула жена.
- Что это у тебя здесь тарахтит?
- улыбаясь, спросила она. – Ты
что, здесь на мотоцикле
катаешься? Я проснулась от
ужасного грохота!

- Доброе утро! - сказал Писатель. - Тебе послышалось. Это, наверно, на улице какие-то звуки.
Он мечтательно посмотрел на жену.
- Доброе утро! – ответила жена. – Ну, хорошо, я пойду еще немножко подремаю.
Уже закутываясь в теплое одеяло, она с нежностью подумала: « Опять он витает в облаках», - и снова сладко уснула, предоставив Писателю в полное распоряжение площадку для полетов.

Между прочим, Писатель всегда считал, что его жена очень похожа на настоящую принцессу.

У нее была приятная улыбка и грациозная походка. У нее были золотистые вьющиеся волосы и красивые добрые зеленые глаза. У нее было щедрое сердце и волшебные руки. То есть у нее было все, как у самой настоящей принцессы.

Писатель даже подумал, что можно было бы написать книгу про свою жену – Принцессу. Но ему показалось, что он ее еще недостаточно изучил.

В одном он только не
сомневался – его жена была
очень проницательной.
Писатель снова принялся
писать, но тут он неожиданно
увидел своего маленького
котенка Оззи.

Видимо, тот вошел, когда
жена открывала дверь. Едва
увидев Писателя, Оззи
подумал: «Что у него в голове?
Какие-то корабли с
мотоциклами...»

Оззи был еще маленький, но
очень сообразительный и
наблюдательный.
Часто, где-то спрятавшись или
делая вид что играется, он
внимательно наблюдал за
работой Писателя.
Иногда, сидя за компьютером,
Писатель брал его к себе на
колени. Особенно Оззи
нравилось просматривать на
мониторе страницы Фейсбука.
Но не только потому, что там
было много котов.

Он был абсолютно уверен, что когда-нибудь его хозяин станет очень знаменитым.

- Ну и что, если его хозяин не написал еще ни одной книги. Но он же пишет их. Значит, он и есть самый настоящий Писатель. А это же так интересно, когда твой хозяин – Писатель! – вполне здраво рассуждал он.

И хоть они были знакомы с Писателем совсем недолго, Оззи считал, что он как никто другой разбирается в характере своего хозяина. А значит, кто как не он может подбросить ему интересную идею для книги. И сегодня был очень подходящий момент это сделать.

- Напиши лучше историю про меня, котика Оззи! - воскликнул он. – Про котов все любят читать. Всем будет интересно! И в Фейсбуке тоже!

Но Писатель ничего не ответил маленькому Оззи. Он только улыбнулся ему и, наклонившись, погладил.

- Наверно, мои слова до него не долетают! – огорчился Оззи. Но так как был еще совсем маленький, он не научился еще подолгу расстраиваться.

- Это, должно быть, потому что я еще не вырос, и у моих слов еще маленькие крылья! - легко объяснил Оззи сложившуюся ситуацию, и это подбодрило его.

– Когда я вырасту, у моих слов будут крылья, как у сойки, что прилетает к нам во двор. Вот тогда мои слова все услышат! Оззи еще даже представить себе не мог слов с крыльями, как у орла. Потому что орлы к ним во двор еще не залетали.

- А если мои слова до него не долетают, значит, они приземляются на пол. Интересно, где же они все? Поищу-ка я их, - решил для себя Оззи.

И не найдя своих слов поблизости, котик метнулся под диван. Он был уверен что, спасаясь от него, они где-то там затаились. Но под диваном было пусто. Никого! Даже ни словечка!

Котик осторожно высунул мордочку из-под дивана и изучающе огляделся вокруг. Он чувствовал, что нельзя терять ни минуты, поэтому начал быстро бегать по комнате в поисках пропавших слов.

Он заглянул за штору - там их тоже не было. Нырнул под ковер - и здесь пусто! Ему очень хотелось запрыгнуть на стол, чтоб поискать их там. Но Оззи считал себя очень воспитанным. Поэтому не мог себе этого позволить. Но он также не мог себе позволить долго грустить! Надо было срочно что-то предпринимать!

И тут ему на глаза попалась морская раковина, лежавшая на полке среди различных сувениров. Это была большая, красивая розовая раковина, привезенная с Карибских островов. На всякий случай, Оззи решил проверить и ее. Мало ли что эти хитрые слова могут придумать!

А это было, действительно, хорошее местечко для игры в прятки. Недолго думая, Оззи прыгнул на полку и заглянул в раковину.

- Если они здесь - то, должно быть, отползли внутрь, чтоб я их не заметил, - с надеждой он просунул голову еще немного. Продвигаясь вперед, он почти весь залез в раковину так, что виден был почти только его маленький черный хвостик с белой кисточкой на конце. Обидно, но в раковине никого не было!

- Ну и ладно, - подумал Оззи, пятясь обратно. -Зато я сделал для себя потрясающее открытие! Теперь я знаю новое местечко, где можно будет когда-нибудь спрятаться!

Он был очень маленьким и поэтому делал новые открытия каждый день. Ничуть не огорчившись, Оззи продолжал свои поиски.

- Наверно, они прячутся за цветочными горшками, которые стоят на подоконнике.

- как всегда легко сообразил Оззи. Он неожиданно замер и потом потихоньку начал подкрадываться к цветочным горшкам.

Запрыгнув на подоконник, он начал протискиваться между горшками. На этот раз Оззи был уверен, что непременно найдет коварные слова, которые так искусно от него прячутся. Он проскользнул между горшками, принюхиваясь и прислушиваясь к каждому цветку. Вот и большой фикус с красивыми пестрыми листьями. Сердечко Оззи забилось чаще.

- Ага! – подумал он. - Они наверняка должны быть здесь! Я ищу их везде, а они, наверно, сидят здесь на тоненьких веточках, свесив крохотные ножки и хихикают!

Боясь спугнуть свою добычу, он очень аккуратно просунул голову в густую крону. Своими маленькими лапками Оззи дотянулся до ближайшей ветки и начал вертеть головой. Но среди листьев он нашел только хорошо знакомое лицо Писателя.

Оззи был невероятно рад этой своей неожиданной находке! Писатель взял котика к себе на колени и посмотрел на Луну. Оззи было очень интересно, куда смотрит Писатель. Оззи тоже посмотрел на небо и увидел на небе едва различимые очертания Луны. Это был первый раз, когда Оззи увидел Луну. И Луна ему очень понравилась.

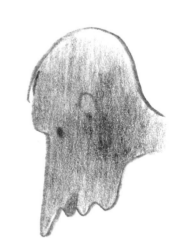

Писатель стал гладить Оззи и с нежностью смотрел на его мягкую шерстку, на маленькие черненькие ушки, на нежные лапки и забыл обо всем. Он забыл о всех невероятных приключениях Трех Бесстрашных Парусников, а Смелый Мальчик далеко куда-то умчал на своем Супермотоцикле.

В комнате стало настолько тихо, что было слышно только спокойное урчание Оззи.
В этот момент Писатель понял, что он непременно напишет для своего сына историю про котика Оззи – маленького любимца всей семьи.

Писатель снова посмотрел на небо. Туда, куда смотрел Оззи и где еще совсем недавно была Луна. Но Луны на своем месте не оказалось.

Пробивались первые лучи солнца. Писатель всматривался, в надежде, что Луна еще объявится.

На мгновенье ему даже показалось, что он еще раз заметил ее.

То же самое показалось и Оззи. Но становилось светлее, а Луна не появлялась.

И тут Оззи решил, что если солнышко растворило Луну, значит, и слова, которые он искал, вместе с ней растворились.

– А завтра, – с уверенностью думал Оззи, – когда Луна будет еще на небе, Писатель выйдет тихонько в большую комнату и на этом подоконнике напишет самую замечательную историю. Это будет история про меня, про Оззи!

-Значит, они все-таки долетели!
- радостно вздохнул он.
В этом Оззи был абсолютно
уверен, потому что, как и его
хозяйка-Принцесса, он был
очень проницательным.

Made in the USA
Las Vegas, NV
30 October 2021